NAVALHA DO APONTADOR

Navalha do apontador
CRÔNICAS DA SALA DE AULA

Graziano Costa

Copyright © 2018 Graziano Costa
Navalha do apontador © Editora Pasavento

Editores
Marcelo Nocelli | Rennan Martens

Revisão
Gabriela Dioguardi | Marcelo Nocelli

Imagem de capa
Marcelo Righini (instagram: @righini.design)

Ilustração interna
Marcela Gontijo (instagram: @marcelasgontijo)

Foto do autor
Gabriel Costa (instagram: @gabecosttaphoto)

Design e editoração eletrônica
Negrito Produção Editorial

Dados Internacionais de Catalogação na Publicação (CIP)
Bibliotecária Juliana Farias Motta (CRB 7/5880)

Costa, Graziano
    Navalha do apontador: crônicas da sala de aula / Graziano Costa. – São Paulo: Pasavento, 2018.

   120 p.; 13 x 19 cm.

   ISBN 978-85-68222-37-9

   1. Crônicas brasileiras. I. Título: crônicas da sala de aula.
C837n   CDD B869.8

Índice para catálogo sistemático:
1. Crônicas brasileiras

Todos os direitos desta edição reservados à:

EDITORA PASAVENTO
www.pasavento.com.br

À Alyria, meu fluxo

Ao Tito, meu refluxo

Para vocês meus alunos e minhas alunas,
aos que são e aos que foram,
minha devoção.

Sumário

11 *Prefácio*

17 Nota baixa

19 Apaixonada

21 Ciúme

25 Desordem

27 Recuperação

29 Sono

31 Amor de pescoço

33 A vida difícil

37 Beijo forçado, não

39 O que é o sistema?

41 Acanhamento

43 Felicidade de cera

47 Romântica

49 Liberdade

53 Amor é falta

57 Jogos de amor

59 Fora dos trilhos

63 A morte de Deus

67 Escola × namoro

71 Sobre a não-violência com as crianças

73 Navalha do apontador

77 Como um batom

81 Teimosia

85 Arte ou Deus

89 Virtude × obrigação

91 A secura de mim

95 Tédio

101 Só terminou para você

105 A pedagogia da ocupação

113 A morte em trânsito

117 *Gratidão*

Prefácio

"– Professor, por que eu nasci?

"– Porque se você não tivesse nascido, você não perguntaria 'por que eu nasci?'.

"–Foi por isso, então?

"– Foi!

"– Mas a vida não tem um propósito? Ou é só nascer e pronto?" (p. 9)

"– Eu não quero ser tão invasivo e até me desculpo antes. Está tão calor e você aí com essa camiseta de manga longa...

"– Uso camisetas de manga longa como um 'curativo', professor. Ultimamente não importa se está frio ou calor.

"– Um 'curativo'?

"– Sim. É um segredo que sente dor, mas para você parece que é impossível disfarçar. Como soube?

"– Não sei explicar. Parece que eu senti a sua súplica e me interessei em oferecer ajuda. Não sou terapeuta, mas sei escutar. Essa sua dor tem pelo menos um nome?

"– Chama-se vida". (p. 27)

Esses são pequenos exemplos de como Graziano Costa nos convida a pensar questões que, se no livro são circunscritas ao universo do adolescente, sabemos nós, leitores de todas as idades, o quanto estas nos atravessam como angústia e solitude.

Por vezes, essas perguntas e os possíveis encaminhamentos das respostas são apresentados de maneira metonímica, como a exigência do recurso de uma filosofia atenta a testar os seus limites e a reforçar a ideia de que, só se vivencia tal disciplina, quando se reflete diretamente sobre os problemas que ela aborda.

Em *Navalha do apontador*, a escolha por apresentar os variáveis assuntos de modo dialogal só reforça a vivacidade dos textos e nos leva a revisitar a interessante diferença entre diálogo e dialogação[1]. Aquele como forma de composição em que há falas que se alternam na exposição; esta como a inquietude do pensamento, o estar perante o outro no momento em que, confrontados, se interrogam a si mesmos e ao mundo.

Nesse processo, irrompem-se as controvérsias, travam-se as discussões, os argumentos, as ideias nascentes como a uma maiêutica capaz de gerar as dúvidas, os impasses, e/

---

1. Este termo é encontrado em textos filosóficos; em especial, nos de Benedito Nunes. Cf., entre outros, *Crivo de papel* (2ª Ed. São Paulo, Ática, 1998).

ou fundir oposições a caminho de um presumível entendimento. O diálogo, ao fixar essas contendas, ao expor a dialética retórica inerente ao processo da escrita faz, da dialogação, a possibilidade de se assombrar com o outro desconhecido que mora em nós, de se buscar no outro uma alteridade que nos afeta e que nos obriga a um perscrutar sempre renovado.

É assim que os diálogos que incorporam e concretizam as dialogações são exibidos ao longo de pequenas cenas movimentadas por um constante jogo de linguagem – à maneira do filósofo Wittgenstein – em que se problematizam diversificados temas: fracasso, ciúmes, desordem, amor, violência, liberdade...

Mais do que esperar por soluções pragmáticas, mais do que receber um conceito orientador de princípios, o indagador (e o leitor) é provocado, é estimulado a perceber novos caminhos, a se dobrar (*flexus,* em latim, de onde deriva etimologicamente reflexão) a outros sentidos.

Porém, se em cada conversa se estabelece, a princípio, um embate entre professor e aluno, entre Mestre (aquele que ensina) e Discípulo (aquele que aprende), tais posições não são dicotômicas e excludentes. Antes, o ensinar e o aprender são compostos unidos, atados nos paradoxos próprios da razão, geridos por questionamentos que colocam em suspensão o próprio ato do saber. Como nos diálogos socráticos eternizados por Platão, é por meio da

13

dialogação, cujo pensar *sobre* é constante, que quem ensina também aprende e quem aprende igualmente ensina.

Se Graziano Costa emprega essa forma de escrita, como recortes de aulas, é porque intenta preservar o caráter inconclusivo, de expressão fragmentada e aberta a recusar qualquer ideia de certeza das conversas e dos silêncios que esta promove.

No uso da linguagem simples, corriqueira, flagram-se episódios em que a prosa deixa-se contaminar por uma espécie de "criação poética": "a paixão é jangada presa no cais. Está segura, mas desconfiada se estiver sobre a ressaca do mar" (p. 3); "O amor vendaval é bom, mas arranca as flores do chão" (p. 12).

Esses exemplos, contudo, não afastam o tom que subjazem as breves, mas contundentes 30 exposições: o de um comentário tensional, expansivo, em processo contínuo, às vezes como pressupostos que lembram pequenos aforismos: "Eu encontrei vida na desordem, na confusão, na desorganização [...]. Em alguns casos, desorganização é remédio para a mesmice" (p. 5); "[...] só atravessa o deserto quem procura por água" (p. 37); "ocupar é tornar as pautas visíveis" (p. 44).

O autor, por outro lado, prefere deixar ressoar, com amplitude e contraparte, a voz do aluno e suas aflições, seus medos, seus desejos que, ao serem revelados pelo discurso direto e espontâneo, marcam os sentimentos e os apelos de todos nós.

Talvez seja por isso que neste *Navalha do apontador* as alusões a filósofos – com exceção de "Teimosia" – aparecem de modo sutil, indicativo, sem a pretensão de marcar um juízo de verdade, uma utopia de linguagem que defina o pensar e o agir.

Epicuro, Schopenhauer, Nietzsche, Camus, Sartre... são murmúrios que aparecem para expressar outros caminhos, para se discutir outras dimensões.

A filosofia neste livro, assim, ilumina o momento, o dito e o não dito da dialogação e faz da angústia e solitude simplesmente algo que também "Chama-se vida".

JUCIMARA TARRICONE

Pós-doutora na área de Teoria e História Literária pela Unicamp; Doutora em Letras na área de Teoria Literária e Literatura Comparada pela USP. É autora de *Hermenêutica e crítica: o pensamento e obra de Benedito Nunes*. São Paulo/Pará: Fapesp-Edusp/EDUFPA, 2011 – finalista do Prêmio Jabuti 2012 na área de Teoria e Crítica.

Nota baixa

– Professor, foi a primeira nota vermelha da minha vida!

Choro. Cabeça baixa, mãos trêmulas. A sala eufórica. Gente comemora, outra gente reconhece que não estudou o suficiente, gente indiferente.

– E qual o problema?

– Eu NUNCA tirei uma nota vermelha.

– Agora você tirou.

Mais choro.

– Eu sou muito burro, muito burro...

– Se liga: você tem cachorro?

– Tenho!

– Cachorro ferido lambe suas feridas e continua. A força está na superação. A força está na cicatrização, portanto, não precisa mais chorar, ou você pode começar a chorar menos, concorda?

– Mas... professor... eu posso esquecer essa nota vermelha e fingir que ela não existe? Eu posso pensar nas notas azuis?

– De jeito nenhum! Você tirou uma nota vermelha, beleza? Não se engane, não minta para você. Todo mundo fraqueja, todo mundo cai, todo mundo sente dor. A diferença é se nós vamos fazer do fracasso um velório ou um professor?

Apaixonada

– Sor, eu tô apaixonada por um garoto.

– Você só veio me dizer que está apaixonada ou veio me consultar sobre o quê fazer com esse sentimento?

– Só vim te dizer, mesmo.

– Para mim? Logo eu?

– É. Você não julga as pessoas, por outro lado, você também não absolve ninguém.

– Obrigado. Já é fim de tarde e já não me sinto mais tão cansado depois dessa...

– Ei, sor. Essa paixão me dá medo. Nem sei interpretar.

– A paixão é jangada presa no cais. Está segura, mas desconfiada se estiver sobre a ressaca do mar.

Mensagem no celular. A mãe da garota avisou que chegou. E apressada e já correndo, gritou:

– Minha jangada já está na ressaca.

– Só a razão pode segurar a corda, caso sua jangada vacilar.

Ciúme

– Psor, ciúme é prova de amor?

– Pode ser qualquer coisa: falta de confiança, insegurança na pessoa amada, pode ser também não acreditar no amor que a pessoa sente por você, mas pode ser muito mais. Só não pode ser prova de amor.

– E por qual razão? – perguntou Ricardo.

– Ninguém pode medir o que sente pelo ciúme que tem.

– Besteira.

– Não acho! Será mesmo que vale pagar pelas consequências do ciúme? Os ciumentos não são capazes de gostar de ninguém. São narcisistas. Centrados em si mesmos.

Do outro lado da sala, Gabi intervém:

– Verdade, não vale mesmo. E já que esse negócio de propina tá na moda, eu pergunto: qual é a propina que o ciúme recebe? Ou seja, qual o sentimento que corrompe o ciúme e o domina?

– A obsessão? Disse Sophia.

– Sem dúvida, e daí para a loucura, e daí para a violência.

– E por quê? Perguntei.

– Mais tarde, menos tarde, ciumentos acabam excluindo e excluídos. Eles não sabem que qualquer pessoa pode ser feliz sem eles. Aí eles acabam sozinhos.

– Mas, gente! – perguntei - Não existe ciúme bom, ciúme saudável?

– Professor, - disse Lucas – meu pai é zelador de um prédio. Esses dias eu fui pesquisar o significado de zelador.

– Então nos diga.

– Vem do latim *zelus*, que significa zelar, cuidar, proteger. E descobri também que ciúme pode ser traduzido da mesma forma. Então, respondendo a sua pergunta, esse é o ciúme bom. O do amparo e do cuidado.

– Verdade. – respondi. Ciúme bom é do café na cama, ou segundo o Lucas, pensei que pudesse ser aquele de quem acompanha alguém ao hospital. Mas com uma sociedade que reforça o individualismo, não penso ser tarefa tão fácil. O que acha Sophia?

– Enquanto precisar dos outros para sustentar o meu ego, serei incapaz de me relacionar amorosamente com alguém, assim, o zelo e o cuidado mencionados pelo Lucas podem me fazer evitar o individualismo.

– E evitam mesmo! A gente precisa aprender a se desfazer do ego que a gente idealiza e que se embaraça com o nosso próprio eu.

– E como a gente se desfaz desse nó? Perguntou Gabi.

-- Nos despindo das máscaras do ego e assumindo o desafio de ir ao encontro do outro sem o medo de ser com o outro aquilo que você é desde que você seja um facilitador daquilo que o outro pode ser com você.

Desordem

– Ela é assim mesmo, professor. Somos nós que arrumamos o material dela.

– Sempre?

– Nem sempre. Às vezes nós ajudamos. Ela é solta...

– Bagunçada. Até as folhas do fichário ajudamos a organizar por matéria.

– Minha mãe se aborrece comigo, professor. As minhas professoras das séries iniciais tentaram, e olha que eu melhorei.

– As suas amigas me falaram de você e você falou de suas professoras do passado e de sua mãe. Me fale de você. O que você pensa de tudo isso?

– Não foi numa aula sobre Platão que você nos disse do demiurgo?

– Sim.

– Aquele cara que resolve o *caos* e a confusão e é o princípio organizador do Universo?

-- "Aquele cara?"

– É isso aí. Você entendeu. Então, se Platão tem razão sobre esse tal demiurgo e o mundo continua assim, desajeitado, do jeito que é, prefiro minha desordem.

– O que você quer dizer?

– Todo mundo perde tempo demais com a minha bagunça e eu tenho algumas questões sobre mim e sobre essa desordem do mundo que estão mais bagunçadas do que minha própria bagunça.

– Se te consola, eu já encontrei alguns amigos meus no meio de shows bem movimentados, mas para isso, fui a pontos de encontro previamente combinados. Ver gente conhecida no meio da bagunça é bom.

– O que você quer dizer?

–Eu encontrei vida na desordem, na confusão, na desorganização. E para chegar aos meus amigos, eu tive que vencer os espaços entre as pessoas que não conheço.

– Hoje a professora de Biologia nos disse que há em nós milhões de células cuja missão é exterminar qualquer invasor que prejudique nossa saúde. Elas se movimentam, se batem, se rebatem, mas resolvem.

– Entendeu o porquê da importância de uma mochila desorganizada? Eu sempre vejo vida encontrada. Em alguns casos, desorganização é remédio para a mesmice.

Recuperação

– Tô de recuperação, professor. Que lástima!

– E você veio falar logo comigo?

– Eu sempre tô achando que vou cair. Sou pessimista.

– Que isso? Um fraquejo, apenas. É só estudar mais.

– Cansa fraquejar ao final de cada trimestre. Não dá para fugir de uma floresta desconhecida sem uma bússola. O caso é que eu tenho a bússola, mas não sei usar.

– O que pode te consolar? Saber que existem outras pessoas passando por isso? Te consola saber que você não está sozinho? De que o negócio é estudar a longo prazo, um pouco todo dia?

– Não, disso eu já sei. É que eu não aprendi a cair. Dói cair toda hora.

– Dói, mas passa.

– Você nunca caiu, professor?

– Se eu tô aqui é porque eu caio demais. Mas se liga: caí e não passei do chão. Conheci o fundo do poço e o que me restava era erguer os olhos e descobrir que a única saída era por cima.

– Engraçado, o seu pessimismo não é contagiante.

– É porque eu sempre sei que ainda tem uns tombos me esperando pela vida afora.

– Desculpa é para os fracos, né? O resto é covardia.

– Já que você deu uma de Nietzsche, então, você sabe como proceder. Eu não preciso dizer o que você tem de fazer, mas também não espere nenhum abraço meu. Vamos passar pela experiência da queda sem nenhum consolo.

– Tipo no Mito do Sísifo.

– É.

– Mas eu não quero conduzir a pedra novamente e novamente...

– Isto porque qualquer esforço empregado depois da queda é para nos edificar, não para nos desanimar, não para que continuemos os mesmos.

– Verdade. Preciso de outros novos tombos, não estes mesmos de sempre.

Sono

Entrei na sala. Não demorou muito para um dos alunos começar a dormir. Estamos no período da tarde. Passaram-se as aulas da manhã e já era pouco mais de 16hs. Última aula do dia. Ele foi tomado por um sono profundo. Deixei. A aula aconteceu. Despedi-me dos alunos e ele acordou. Olhei para ele, sentei-me ao seu lado:

– Fica tranquilo. Eu sei que você não está triste, não está desmotivado, indiferente a mim ou desinteressado de minha aula.

– Vai fazer uma ocorrência sobre mim, professor?

– Não.

– É cansaço, professor. E tem gente que acha que não tô mais a fim. Aí eu durmo e, quando me acordam, durmo de novo, de olho aberto mesmo... e sonho.

– Sonha?

– Sonho...

– Eu acho difícil sonhar quando eu estou cansado.

– Nesse caso, eu recolho no sonho um pouco de mim a ser estimulado. Se minha mochila tiver um caderno e uma caneta somente, pesa também.

– Outras pessoas, daquelas bem motivadas, diriam que você está com sintomas de entrega, de desistência. Sabe aquele papo de aluno desmotivado? Tem professor que até se culpa por isso, sabia?

– Eu só queria mesmo era poder descansar um pouco mais. Tão fazendo mais-valia de mim. Expropriando minha saúde e meu tempo. Eu tô cansado de ser refém disso tudo. Cadê o lucro? Na minha mão é que não está.

– E você vai desistir?

– Não.

– O mundo é uma rede impossível. Fica esperto.

– A escola quer o aluno impossível. A gente precisa aprender a simplificar o mundo.

Amor de pescoço

– E esse pescoço aí? Estas marcas?
  – Alergia, sor!
  Virou epidemia.

  – E esse pescoço aí? Estas marcas?
  – Cachecol, sor! Minha pele tem repúdio de lã.
  Neste calor?

  – E esse pescoço aí? Estas marcas?
  – Minha mãe vai me matar, sor!
  Essa tá lascada.

  – E esse pescoço aí? Estas marcas?
  – Sor, nem lembro quem foi!
  Felicidade é correr riscos.

– E esse pescoço aí? Estas marcas?

– Já arrumei um corretivo de pele com uma menina ali. Tá tranquilo.

A gente não precisa de palavras para omitir.

A vida difícil

– Professor, por que eu nasci?

– Se você não tivesse nascido, você não estaria aqui me fazendo esta pergunta.

–Foi por isso, então?

– Foi!

– Mas a vida não tem um propósito? Ou é só nascer e pronto?

– Os filósofos existencialistas, Sartre, principalmente, nos ensinam que esse propósito é uma responsabilidade de cada um de nós. O que torna o viver ainda mais difícil, ou seja, não há em nós, nem em terceiros nenhum amparo no qual possamos contar. A gente começa do zero.

– Tipo um solitário atravessando a noite?

– E sem lanterna, entendeu? Sem GPS. Ele e a liberdade.

– Como assim?

– Sem fórmulas. Não vivem por aí dizendo que a vida não é uma ciência exata? E como não há Deus, horóscopos, cartomantes, profecias, sistemas e ideias a nos definir, resta-nos pela liberdade, tomar as rédeas de nossa vida, tomar decisões e fazer escolhas sem muito conforto.

– É como tentar desenhar um quadrado com um compasso?

– Sim, dá uma sensação de desamparo, mas apesar do desalento, essa liberdade carregada de angústia, vem para construirmos nossa história sem que para isso estendamos a nossa mão para uma ideia que nos defina.

– Certo. É a gente que se define. Não sei se estou preparado para viver assim. Nem o compasso para fazer círculos eu sei usar direito.

– Ninguém está preparado, por isso é preciso viver como se fôssemos sempre recomeçar.

– Do zero, né?

– É o que a gente tem de fazer com a vida.

– E com o compasso, né não?

– Por que compassos não foram feitos para desenhar quadrados, porém, compasso tem uma essência definida, nós não.

– É...

– Viver é difícil porque não assumir um modelo que nos defina significa dizer para todo mundo e o mais importante, dizer para você mesmo, que para a sua vida você não deve admitir uma escolha que não seja sua.

– Estou me lembrando da má-fé do Sartre...

34

– E lembre-se mesmo. Vive a má-fé quem quer aliviar o peso da liberdade, quem prefere viver os modelos.

– Quem prefere mentir para si mesmo.

– Quem prefere negar a percepção do sozinho que somos e viver a delícia das inúmeras possibilidades e ter diante delas o poder de escolher apenas uma.

– Sim, mas sem a garantia de que essa única escolha pode ser a acertada e me fazer feliz.

– É o preço que se paga para quem não quer viver como um compasso.

Beijo forçado, não

– É bom a gente saber que a paixão tem de ocorrer sob as condições de um gesto livre e espontâneo. Precisamente por sua natureza ser livre, deve acontecer ante a nenhuma intenção egoísta, muito menos pela violência.

– Egoísta, professor? – perguntou Ana.

– Sim. Algumas pessoas nos querem, mas não entendem a necessidade da troca, da reciprocidade imbuída nesse sentimento. Canalha é quem tem, não divide o sentimento e mais, abandona depois de satisfeito. Canalhas querem ter, tem e não dão.

– As baladas estariam vazias se o que você acabou de dizer fosse um cartaz na porta de cada uma das casas noturnas que costumamos ir. – disse Carol.

– Vazias, por quê? – perguntou Martim.

Carol interveio:

– É que a força patriarcal também age no modo de como alguns garotos chegam em nós. O poder dos homens está em todo lugar. Quando a gente acha que a noite

37

nos dará certa liberdade, vem algum garoto e "força a barra" mesmo depois do não.

– É mesmo – confirma Tata. Gente, beijo forçado não pode.

– Eu já ouvi falar – disse Pedro - de casas noturnas e mesmo de mulheres agredidas por se recusarem a beijar desta maneira.

-- E vejam, – complementei – a força que o patriarcalismo, bem lembrado pela Tata, exerce sobre nós faz algumas pessoas acreditarem que isso é culpa da própria mulher. Ora porque usam roupas inadequadas, ou porque deveriam ficar em casa, ou porque o beijo forçado é uma brincadeira, assim eles dizem. Quando acabamos por banalizar o que é sério, todo mundo acha normal, não é?

– É sim, professor - disse Maria: - mas não é normal. Se a natureza de uma paixão é a liberdade, ela não se encontra num beijo forçado. Não há escolha em gestos de abuso.

– Neste caso é abuso ou desrespeito? Provoquei.

– É abuso, com certeza. – disse Ana. Usar da força física, intimidações e bebidas para facilitar, fazem de qualquer um, um abusador. Quando um dos lados não escolhe, é crime. Ah! E como meninas, não devemos aceitar, nem tolerar essa prática. E os meninos devem ser ensinados, desde a infância, a não fazerem esse tipo de coisa. Pronto, falei.

Restou ao professor, aplaudir.

O que é o sistema?

– O Sistema...

– Aquele que não sabemos quem é direito?

– Bom, o Sistema é um...

– Um? Nada.... o Sistema, por acaso, é Lênin? Maquiavel? Galileu? Kepler...

– Espere. Deixe-me completar: o Sist...

– É a indústria, o governo, os meios de comunicação, as escolas, as universidades, os parques, a religião, a família, o indivíduo, a sociedade.

– Por favor? Tá aqui, ó! Engasgado. Posso retomar?

– É o prazer, o amor, o pecado, a dúvida, a retidão, o ódio, a indiferença. É o passado, o presente e o futuro?

– Também pode ser o mendigo, aquele moleque dormindo desde a aula anterior...

– Meus pais podem ser? A paz e a guerra também?

– Inclusive os valores éticos, a política...

– Ah! O Sistema é o ser humano?

– Na mosca!

– O Sistema gosta de gente?

– Jamais! O Sistema não resiste à consciência desperta de qualquer indivíduo. Quem nele entra, não sai, quem nele confia, por ele é traído.

– Melhor não pensar, então?

-- O Sistema adora isso.

Acanhamento

– Professor, ela é muito tímida. Parece que não tá nem aí pra mim e olha que eu faço de tudo pra ela me perceber, hein?

– Não é bem assim, do jeito que você gostaria.

– Mas é muito difícil lidar com a ideia de que o amor fica ali, escondido no canto da sala ou em silêncio no pátio.

– Mas ela te olha? Vocês trocam olhares, pelo menos?

– Sim, mas eu sei minha intenção, agora, a dela não sei. Ela desvia logo e se distrai ou finge se distrair com algo. Será que ela não gosta de mim?

– Você Já perguntou isso pra ela?

– Não.

– Já disse pra ela que você gosta dela?

– Não.

– Aí fica difícil qualquer conclusão. Se é timidez, desconhecimento, ou charme, sei lá!

– Ou desprezo...

-- Por que você não deixa a ideia do desprezo de lado e passe a cogitar que a timidez possa ser uma ação turbulenta de uma vida interior que deve pacientemente ser decifrada?

– Você fala difícil, professor.

– Mano, paciência combina com a timidez.

– Tô cansado de esperar. Sou do amor vendaval.

– Então arrisque. Como vai saber se ficar esperando?

– Sabe o que vou fazer?

– Vai soprar o seu vento? Diga.

– Vou lá falar com ela. Vou oferecer minha coragem para fazer companhia aos medos que ela pode ter. Devagar, né, professor?

-- Sim. Devagar. O amor vendaval é bom, mas arranca as flores do chão.

Felicidade de cera

– Professor, eu tô sempre em direção a um lugar aonde eu não quero chegar. Quando eu era mais novinha, queria ir para o nono ano e agora que estou no terceirão não sei se quero ir para a faculdade, da faculdade para o trabalho, sei lá. Tá tudo meio programado para mim.

– E você é feliz no meio de tudo isso?

– Acho que a felicidade é impossível. Tem sempre alguém dizendo o que a gente tem que fazer, para aonde a gente tem que ir.

– É difícil entender que a felicidade imposta pode nos causar sofrimento. Quando a gente é mais jovem, tá cheio de gente que tem certeza sobre quais escolhas devemos fazer para a gente ser feliz. Pode ser que tudo isso seja feito em nome da proteção. Ou por medo de perder a gente tão cedo para a vida.

– Você já passou por isso?

– Eu me lembro bem de quantas vezes eu tentei voar em alturas que não eram para mim. É porque eu achava que a felicidade estava no voo mais alto e minhas asas ainda nem tinham amadurecido.

– Tipo as asas de Ícaro, né, professor? Eu acho que me pareço com ele, apesar de não ter a sua coragem.

-- Você acha uma atitude corajosa ultrapassar todos os limites? Romper as regras?

– No meu caso, coragem é tentar ir além daquilo que todo mundo diz que é bom para mim.

– O pai de Ícaro, Dédalo, disse a ele para não voar alto demais. Ícaro achou que o voo vertiginoso lhe traria felicidade e você sabe, o Sol derreteu suas asas.

– E ele morreu, certo?

– Isso.

– Eu não quero voar alto demais. Não quero transgredir, eu quero ter a chance de dar um tempo para ver sobre qual altura devo me aventurar.

– Eu te entendo. Pode ser que a felicidade não seja mais impossível para você a partir daí.

– Se Ícaro tivesse voado durante a noite, pelo menos...

– Voou na claridade porque tinha pressa, porque não refletiu antes.

– De cabeça quente, né?

– O que prova que as precipitações também atrapalham a procura pela felicidade. Você precisa de um travesseiro.

– Pior é que meu travesseiro é de pena. Vai ser difícil dormir esta noite.

– A noite não derrete a cera.

Romântica

– Professor, é ruim ser romântica?

– Acho que não!

– Acho?

– É...

– Sabe, Prô? Minhas amigas acham que eu sou louca, porque eu gosto de flores e de poesia.

– Já recebeu de alguém, flores ou poesia?

E ela fala baixinho

– Não, mas quero tanto...

– Eu acho que pessoas românticas são felizes e tristes.

– Felizes?

– Sim. Quando recebe flores ou alguma poesia. Sabe? Tá pertinho de você.

– Então eu entendi o triste... pela distância, né?

–É...

– Isso também é ser louco.

– É, sim.

Liberdade

– Professor, não me venha com essa de que a liberdade é possível.

– Tudo é uma decisão nossa. A gente não veio até aqui ao mundo para permitir que forças externas exerçam poder sobre nossa vontade. A gente não pode nem considerar que elas sejam mais poderosas do que nós.

– Professor, eu tenho um conhecido que nasceu cego. A escuridão é companheira dele. E ele não escolheu isso. Foi uma força que o fez assim. Pode ter sido falta de assistência adequada no parto, pode ter sido algum problema causado desde sua formação no útero materno, erro médico. Sei lá!

– A gente chama isso de contingência. Tudo o que ocorre conosco é fruto de um acidente. Somos o penacho de um pássaro ao sabor dos ventos.

– Então, beleza. A liberdade não existe!

– Apesar das forças externas, só nos sentimos plenos quando fazemos nossas escolhas. E como dizia Aristóteles, escolhas entre alternativas possíveis sem sermos constrangidos e forçados por nada, nem por ninguém.

– Professor, a gente não é livre nem para ir ao banheiro, quando bate aquela vontade, tá ligado?

– Tô.

– Meu, a gente não pode dizer: "não quero ir". A gente não pode prender as nossas necessidades fisiológicas. "Não, agora vocês não saem daqui", "Agora não posso". E quando a gente vê, já era.

– Mas você não tem uma alternativa possível para ir ao banheiro. Não existe na hora da urgência o vou ou não vou. Se liga no que Aristóteles diz: entre alternativas possíveis. Entre "A" ou "B" não pode haver constrangimentos vindo de fora, nem de dentro. A decisão é nossa.

– É...

– No caso do seu amigo cego, a força que o fez assim o obriga agir sempre dessa forma. Mas quem disse que ele tem que agir da forma como a força determinou?

– Como assim?

– Quem disse que ser cego significa dizer que não pode viver fazendo suas escolhas? Quando você vê um cego andando sozinho por aí ou tocando piano, significa dizer que é livre, é causa integral de sua ação. Disse não à força que o fez assim.

– Professor?

– Diga.

– Posso ir ao banheiro?

– Você está naquela hora em que ir ao banheiro é realmente necessário? Onde ir é a única opção?

– Não.

– Então não pode.

– Tá vendo, aqui você é a força externa a me controlar?! Só a revolução me resta.

Amor é falta

– Amor é falta, é desejo. Palavras de Sócrates no "O Banquete", certo, professor?

– E mais: é carência. Tô sempre querendo o que não tenho.

– E por que a gente sente tanta falta? Essa incompletude nossa de cada dia me deixa mal.

– É difícil saber. Sem amor a gente fica meio fora de si. E com amor também.

– A gente se sente feito avião em turbulência. Sempre querendo um céu de paz para continuar um voo tranquilo.

– Mas depois de um céu calmo, tem sempre uma turbulência esperando a gente.

– Eu não consigo ficar sozinha. Até da turbulência sinto falta.

– Na mitologia grega, o amor entre Eros e Psiquê se desfez por causa de uma agitação curiosa.

– Como assim?

– Ela não podia ver o rosto de Eros, seu marido. E numa noite, tomada de curiosidade profunda, e com a ajuda de uma vela, descobriu o rosto de Eros e o viu. No final das contas, Eros a abandona.

– Por qual razão?

– Por ter quebrado a promessa e por não aprender que devemos nos apaixonar pelo que as pessoas são e não pela sua beleza. Mas não acaba por aí. O problema é que mesmo separados, Eros e Psiquê não suportaram a solidão e a infelicidade.

– Claro que sim! A vida da carência é tediosa e monótona.

– Apenas para quem acha que sem apego está perdendo alguma coisa. Fato é que Eros e Psique ficam juntos no final e apesar dela ter caído num sono profundo, com a permissão de Zeus, Eros a desperta e eles nunca mais se separam.

– Fiquei confusa. Se fico com alguém, tenho problemas, longe também.

– Uma das opções também é viver sozinha, sem apego. Você pode escolher os seus caminhos sem depender do outro. O que acha?

– Não seria egoísmo?

– Egoísmo não seria achar que uma pessoa é apenas sua?

– Sim, professor. Mas eu não quero viver por aí me aproximando apenas do que as pessoas podem fazer com o seu conhecimento. Eu também quero sentir o amor no corpo. Eu quero o amor passando por tudo o que é meu.

– Sem esquecer, obviamente, que o mesmo ser humano que pode fazer o que você quer também é instável. A gente tenta sair do amor romântico, mas acabamos por receber os afetos que estão bem longe dos contos de fada.

– O que a gente faz, então?

– Ame como um platônico: saiba que não tem o saber, mas viva para desejá-lo. Quando alcançar, e o saber escapar, procure-o novamente.

– Feito Eros procurando Psiquê?

– Sim. A gente ama também a falta. A gente está com saudade o tempo todo.

Jogos de amor

– Tá vendo aquele garoto?

– Onde, professor?

– Ali, atrás daquela árvore. Seja discreto. Aquela menina está olhando pra ele. Mas na verdade, ele percebeu ela muito antes.

– Que menina?

– Aquela ali de camiseta vermelha conversando com as amigas.

– E?

– Ele desviou o olhar, abaixou a cabeça, olhou para o alto, disfarçou, não se fez notar e esperou. Ele está ali pelo menos há cinco minutos. Agora, observe.

– Observar o quê?

– De longe eles já se olharam e agora eles estão indo um ao encontro do outro.

– Ela já vem sorrindo...

– Pois é. Ele poderia ter ido ao encontro dela desde que chegou, mas esperou. E agora ele está de braços abertos para o abraço.

– Parece cena de filme. Mas tá tudo muito rápido, merecia um *slow motion*.

– Ela nem imagina que esse encontro é uma armadilha.

– Então, o garoto já estava lá. Que esperto!

– Você viu?

– Sim. E agora ele finalmente conseguiu o beijo, o abraço e o carinho.

– Na verdade era ele ao encontro dela.

– Acha que ela precisa saber?

– De jeito nenhum. Um filme de ficção é a realidade dentro da falsidade e nem por isso a gente deixa de ver.

Fora dos trilhos

– Professor, eu sou muito cobrado pelos meus pais. Algumas vezes até nos insultamos.

– Isso acontece quando a gente fica muito preso nos problemas dos outros.

– Ou nos problemas que os outros acham na gente.

– É que para você não são problemas, porque é o seu normal.

– Sim.

– O que é normal em você que eles acham "estranho"?

– Eles ainda não entenderam que o melhor deles é pouco para mim.

– O melhor deles?

– É que na minha casa tudo é muito linear. Esse é o melhor deles.

– Sua casa é um "quartel"?

– Não. Há certa liberdade. Tive que fazer 16 anos para eles baterem na porta do meu quarto antes de entrarem, acredita?

– Mas isso é uma conquista e eu imagino o grande esforço e a cansativa negociação.

– Em tudo tem política. Não foi isso que a gente aprendeu com você?

– Foi, mas isso não saiu de mim. Aprendi também.

– O que me incomoda mais não são tanto os insultos que aparecem quando a gente não se entende. A gente consegue se perdoar.

– Então, o que te incomoda mais?

– Quando se trata dos meus problemas mesmo, a resposta é sempre deles. O meu trem não entende os trilhos que eles construíram para mim.

– Se o seu pensamento não é linear, como ele é? Pelo que eu sei o trem não anda se não pelos trilhos.

– Meu pensamento funciona em rede.

– De toda a sua geração, eu diria.

– Eles dizem que tem de ser assim, mas eu posso fazer de outro jeito. O problema é que não sinto confiança da parte deles quando sugiro outras formas de resolver os meus problemas.

– Enquanto houver esse clima de tensão, vocês vão começar a colocar na frente dos problemas a maneira negativa com a qual vocês se apegaram.

– Eu sinto falta de escutar o que eles nunca me disseram. Que sou capaz, determinado, paciente e esforçado.

Mas muitas vezes eles dizem o contrário do que eu queria ouvir.

– Não tem motivo para acreditar se não é verdade o que dizem sobre você. Somos imprevisíveis. Essa vida cheia de definições objetivas afasta todo mundo de todo mundo. Quanto menos definições, menos brigas. Quanto menor for a amargura que nos afasta, mais amor que nos une.

– Vou avisar isso para os meus pais...

– Já será um começo muito melhor que insultos, não?

A morte de Deus?

– Professor, foi Nietzsche que matou Deus?

– Como assim, matou Deus?

– Então...

– Você está se referindo àquela ideia do "Deus está morto!"?

– Sim.

– E você determinou o *status* de assassino de Deus ao Nietzsche?

– Acho que nem ele chegou a esse ponto.

– Mais fácil a gente entender que com a confiança total na razão esclarecida e na nossa capacidade de autodeterminação, Deus já não faz mais tanto sentido.

– Então quer dizer que o assassino de Deus é o homem moderno?

– É verdade. Eles "desintoxicaram-se" de Deus e colocaram o mundo e a história sob a guarda do Esclarecimento.

– Sem nenhuma subordinação ao Transcendente. Uau!!!

– E se o bem e o mal são responsabilidades humanas, assim como os valores e a moral, já que somos nós que decidimos o certo e o errado, o justo e o injusto, realmente faz sentido Deus não fazer sentido.

– E com Deus no páreo, a subordinação faz sentido. Como somos hipócritas, professor.

– Hipócritas?

– Sim. De dia pagamos de niilista para atrair gente que nos ache inteligente, mas daí quando chega à noite, a gente pede para Deus desculpas porque pecamos.

– Acha que Deus nos quer subordinados?

– Não sei. Acho estranho.

– Talvez porque a ideia do Deus que é amor não combine tanto com o Deus que nos quer de joelhos.

– Pera aí, professor!

– Tô "perando"...

– Será que Nietzsche quis dizer que matamos o Deus que nos quer de joelhos?

– Acho mais provável.

– Nietzsche era ateu?

– Pelo que me consta, ateísmo para ele era uma questão de foro íntimo e Deus ficava mesmo em sua indiferença. No mais, ele não estava preocupado em militar a favor do ateísmo.

-- E por qual motivo? Deus está morto e foi ele que disse.

– Sim, lá na "A Gaia Ciência"...

– Então?

– Bom, mas ele não disse que "Deus não existe".

Escola × namoro

– Minha mãe me disse que eu penso muito em namoro e que devo evitar a partir de hoje tudo o que atrapalha o meu rendimento na escola. Você sabe que ando com as notas baixas...

– Sei que você está mal, mas sei também que é uma fase ruim e ainda há tempo para se recuperar.

– Diz isso pra minha mãe...

– O namoro atrapalha tanto você a ponto de não conseguir cumprir o que a escola te exige?

– Eu faço tudo o que a escola exige. Pode ser que tudo o que eu faço não seja algo da melhor qualidade, mas é tanta coisa que minha mãe não percebeu que não é o namoro que atrapalha a escola... na verdade é a escola que atrapalha o meu namoro.

– Deve ser por isso que você pensa tanto em namorar, afinal, pensa tanto em alguma coisa quem não tem muito tempo para se dedicar a ela.

– Exatamente. Bem que você poderia ser minha mãe.

– Não, tô fora. E quer saber? A questão não é essa.

– Qual é, então? Já sei! Se a gente fizesse menos coisas na escola, pensaríamos mais nela e faríamos com mais qualidade. E você não acha tudo isso um exagero?

– Acho, mas eu tenho uma pergunta que ainda ninguém te fez.

– Faça?

– Por que você pensa tanto em namoro?

– Não quero que você seja mais minha mãe. Já tá parecendo ela, professor.

– É sério. Responda.

– Professor, meu pai chega todo dia exausto do trabalho. Eu fico pensando que tudo o que ele faz se parece muito com o que eu faço, mas cada um na sua realidade. Eu na escola e ele no trabalho.

– Entendo. Ritmo exaustivo, alienados, rotina, repetição...

– Isso. Você me entende? Não há prazer, vínculos. Há amigos meus que ficam todo o tempo na escola, vejo ainda algumas crianças no período integral e fico pensando o porquê de recriminarem o único momento em que saio de tudo isso.

– Do namoro, certo?

– Sim. E quando me refiro ao meu pai, penso que somos iguais. Cheios de coisas para fazer e na real, não fazemos nada. Em casa nós todos estamos tão exaustos a ponto de nos falarmos com mais frequência só no fim de semana.

– Essa sociedade que estimula a competição, estimula o individualismo. Dividimos o mesmo teto, mas convivemos superficialmente uns com os outros.

– Por isso penso na minha namorada mesmo.

– O namoro é pelo menos um antídoto contra este massacre do muito por fazer. Eu sei que você é jovem e que te julgam porque acham que o nível de compreensão do amor da juventude é baixo demais, mas não é isso o que se trata aqui. O ritmo acelerado nos prejudica e nos impede do único momento de um encontro de forma mais autêntica.

– Valeu, professor. Namorada ligando...

Sobre a não-violência com as crianças

– Aquela atitude de você não responder com injustiça quando a gente for injustiçado, sabe?

– Como assim, professor?

O moleque do outro lado intervém:

– Se liga: se você receber uma ofensa, não ofenda. Se te agredirem, não faça igual. Se te derem um tapa na cara, ofereça a outra face.

Ao meu lado, uma menina se pronuncia:

– Nem a pau! Comigo é na bicuda!

– Retomando. Isso mesmo. Este é um princípio socrático. Esse esquema de não responder com violência quando formos violentados, começou com ele. Jesus, Gandhi, Luther King, também pensavam assim. E Sócrates dizia que a maior injustiça não é daquele que pratica, mas daquele que ao receber, devolve da mesma forma.

– Caramba, professor. É por isso, então, que quando o Sócrates recebia uma falta no jogo, ele não descontava?

Jogava com classe. Eu conheço esse cara, meu pai falou muito sobre ele...

– Não...

– Ooooô, psor? Sabia que ele também era médico?

– Sabia...

– Caramba, o cara era jogador, médico e ainda por cima, meio filósofo? Vou falar pro meu pai. Duvido que ele saiba dessa.

–Beleza, você entendeu. Tá tudo certo...

Navalha do apontador

– Eu não quero ser tão invasivo e até me desculpo antes. Está tão calor e você aí com essa camiseta de manga longa...

– Uso camisetas de manga longa como um "curativo", professor. Ultimamente não importa se está frio ou calor.

– Um "curativo"?

– Sim. É um segredo que sente dor, mas para você parece que é impossível disfarçar. Como soube?

– Não sei explicar. Parece que eu senti a sua súplica e me interessei em oferecer ajuda. Não sou terapeuta, mas sei escutar. Essa sua dor tem pelo menos um nome?

– Chama-se vida.

– Mas a vida tem os seus caminhos e os seus desdobramentos. Quais foram os caminhos que te levaram a isso?

– Minha dor pode ser o boletim, os amigos, meus pais. Às vezes, é tudo isso e muito mais.

– Sua dor é você, então...

– Não. Eu sou a minha dor.

– Sinto muito.

– Estou repleta de sentimentos confusos. Sou uma ambulância tentando cortar o trânsito.

– Quer atravessar o trânsito sem ligar a sirene, sem acionar as luzes de emergência? Se não fala, não recebe ajuda. Se não fala, não há cura.

Ela esboça um choro.

– No começo eu me cortava para substituir uma dor por outra.

– Eu já ouvi de algumas meninas que passaram pela mesma situação de uma espécie de certo alívio, de tristeza mais amena e de se sentirem protegidas de tudo e de todos.

– No começo sentia até prazer nisso.

– Quando a gente vicia na dor física para desviar o foco, a gente troca o prazer pela compulsão.

–. A dor física me faz esquecer a emocional.

– Você não precisa de uma dor para curar outra dor. Você precisa de ajuda.

– Por onde começo?

– Já começou. Agora é contar para os seus pais. Peça socorro a eles. É certo que depois disso, você irá para a terapia e ao invés de morrer aos poucos, você vai reviver aos poucos.

– Tenho medo de me acharem um lixo, insignificante...

– Não coloque na frente da sua dor a possibilidade de te colocarem em algum tipo de constrangimento. Salvar a sua vida é mais importante.

– Eu vou tentar. Não é fácil.

– Ninguém disse que seria.

– Obrigada...

– Não se canse de tentar.

– E se eu desistir de mim?

– Nós não desistiremos de você.

Como um batom

– E aí? Terminaram?

– Sim. Ele não me acrescenta mais nada...

– Olha para mim.

– Juro.

– Não acrescenta, mas ainda te faz falta, não é?

– Tá vendo este batom aqui, professor?

– Sim. Vermelho e quase no fim?

– Eu não o uso desde o término do namoro. Além do mais, eu não gosto de vermelho. Usava porque ele gostava e eu sentia muitas coisas por ele. E já faz um mês...

– E por que você guardou o batom nessas condições?

– Para tentar não ser, não fazer e não usar nada em nome do que sinto por alguém.

– Eu sempre ouvi dizer que para o bem da relação é preciso ceder, mas eu nunca encarei um relacionamento como um cabo de guerra. Quando um lado da corda cede, um cai e o outro levanta. Cai junto ou levanta junto, né não?

– Não era só usar o batom que ele gostava. Isso é pouco perto da nossa vida, dos nossos sonhos, dos nossos costumes juntos.

– Agora é só você. Ficou o "tu", acabou o "nós". Ou ficou um resto de sentimento feito esse batom?

– O resto deste batom parece para mim àquela fase do depois do término de um namoro. Fico com a sobra porque sobrou mágoa.

– Mas pode ser que a metade deste batom seja o desejo da reconciliação ainda não sugerida por um de vocês, né?

– Tô tão triste que nem pensei da gente voltar. A gente começa tudo achando que não tem fim.

– Se a gente começar um namoro achando que vai acabar, a gente não começa nunca.

– Mas a gente compra um batom já sabendo que vai acabar.

– Pessoas não são batons.

– Mas eu fui tratada como se fosse um, e a culpa é minha. Fui eu que permiti.

– Você sente culpa? Por que não troca a figura do batom por uma chave?

– Por uma chave?

– Para abrir o cadeado na corrente da culpa.

– O nome dessa chave, professor?

– Perdão. Portanto, se quer ser feliz daqui em diante, perdoe-se.

– Começando por jogar este batom fora?
– Começando por usar o batom que você gosta.

Teimosia

– Quem se lembra da pergunta fundamental que ainda caminha conosco neste trimestre e que ao longo das aulas tentamos respondê-la?

– Eu me lembro, professor – disse Maria Fernanda.

– Então, venha à lousa e escreva para nós.

Maria Fernanda levantou-se, pegou o giz e escreveu: "Como podemos ser felizes, sabendo que vamos morrer?"

– Gente, pensa numa pergunta difícil – disse Leandro.

Maria Fernanda larga o giz e voltando ao seu lugar, responde:

– Na aula passada, a gente aprendeu que Aristóteles provavelmente estranharia essa pergunta.

– E quem pode nos contar o que Aristóteles diria?

– Professor, – disse Alex – Aristóteles nos diria que o mundo se apresenta fechado e definido, assim cada ser, inclusive nós, tem um lugar estabelecido sem que isso lhe cause muitos problemas.

– Isso mesmo. Esse ser, seja ele homem, mulher ou pedra, é um elemento dentro de um todo que garante o sentido de sua existência.

– Até parece que é fácil viver assim, conformados com o nosso lugar no mundo – disse Leandro.

– É verdade, Leandro. Não é fácil viver sem se preocupar com a morte. A morte e a impossibilidade de não alcançar a felicidade são escândalos para uma corrente filosófica chamada Existencialismo. E é a partir daqui que vamos nos valer de Albert Camus. Ele vai ajudar a gente a responder à pergunta aqui da lousa que Maria Fernanda escreveu.

– Escândalo, professor? – disse Maitê.

– Sim. A morte não pode nos condenar a uma vida sem sentido e o mais chocante, Maitê, é que no meio de tudo isso não seremos felizes, portanto...

– Portanto, professor, – intervém Rogério - se não alcançamos a felicidade, não acharemos o sentido de nossa vida.

– Gente, olha só a pergunta na lousa – disse Maria Fernanda - Vocês ainda não se deram conta de que a morte é a fatalidade da qual nenhum de nós pode escapar. Estou curiosíssima para saber, professor: como é que Camus resolve este dilema?

– A resposta, Maria Fernanda, Camus deu o nome de *Revolta.*

– Ei, gente! Enquanto conversamos, pesquisei aqui rapidinho no celular e Camus escreveu um livro chamado "O Homem Revoltado". Legal, né? – disse Giovanna.

– E Giovanna, nas obras como "O Estrangeiro", "O Mito de Sísifo", na peça "Calígula", por exemplo, também percebemos a tal *Revolta* que ainda nem expliquei.

– Pois é – disse Maria Fernanda. Continuo curiosa...

– Somos chamados a nos revoltarmos contra a morte, mesmo sabendo que vamos morrer. A ideia principal é não aceitar uma ordem natural que cumpre um papel totalitário na vida de todos nós.

– Então – disse Rogério –, a gente pode alcançar a felicidade?

– Não só isso, podemos até criar uma certa consciência sobre o sentido que a vida tem ou poderia ter. E fazemos isso negando a força que o destino tem, fazemos isso não se lamentando das coisas mesmo sabendo que não temos força para mudá-las. Uma atitude de teimosia...

– Ao invés de nos desesperarmos, aceitamos aquilo que não pode ser mudado desde que nós mesmos façamos o nosso sentido – disse Rogério.

– É verdade. Quem faz o sentido é a própria pessoa e é claro, desde que perante ao absurdo, nós não sejamos indiferentes. É aí que entra o humanismo de Camus, afinal, lhe parece que a melhor maneira de assumirmos a *Revolta* também é proporcionar a possibilidade em achar o sentido não só para nós mesmos, mas para os outros. Sugiro que leiam "A Peste" para aprofundarem melhor.

– Filantropia, professor. – conclui Giovanna.

– Sim, mas sem raízes doutrinárias. Agir em prol dos outros sem inspiração religiosa. Um humanismo puro, sem Deus.

– Vejam só, amigos – disse Maria Fernanda. A felicidade é possível.

– Mesmo sabendo que vamos morrer – disse Maitê.

– Desde que o sentido, diante daquilo que não podemos modificar, seja uma responsabilidade inteiramente nossa. Viram como ainda dá tempo. Para que se preocupar com a morte se ainda não morremos, já dizia Epicuro.

E Maitê conclui:

– Só pode ser feliz e achar sentido para a vida quem ainda não morreu.

Arte ou Deus?

– O que é viver?

– Renato Russo dizia, em "Vamos fazer um filme", que "viver é foda." – disse Guilherme.

– E essa dificuldade consiste em pagar contas? Em trabalhar a vida inteira? Consistiria em conviver com as perdas? Ou com as incertezas e os altos e baixos dessa nossa vida instável?

– Professor, vamos encarar isso como uma pergunta filosófica? – interviu Felix.

– Exatamente. A pergunta pode até ser simples, mas as respostas exigem de nós reflexões mais profundas e talvez algumas conclusões que não nos alegrem tanto assim.

– Você se refere a visão pessimista do homem e da vida? – perguntou Felix.

– Sim, e se você quiser saber, refiro-me a Schopenhauer.

– Nós nos encontramos com Schopenhauer e Machado de Assis numa proposta de redação, se lembram? – disse Sophia.

– Então vocês devem saber que a vida difícil para Schopenhauer se dá porque a única regra da vida é a infelicidade. Quer dizer, somos uma insatisfação constante porque desejamos o tempo todo.

– Para acabar com o desejo... – interrompe Vicente.

– Schopenhauer chama de vontade. Enfim... para acabar com a vontade, basta não desejar.

– Numa sociedade onde o consumismo é o deus? – intervém Felix. Duvido!

– Para Schopenhauer o sofrimento pode ser sim eliminado pelo abandono de nós mesmos. Na linguagem religiosa, dá-se o nome de ascese, ou seja, uma espécie de negação de si, o que é a mesma coisa de um controle sobre os nossos desejos.

– Que difícil. – disse Sophia.

– Ué? Viver é difícil. Vocês não estão percebendo? – enfatizou Felix.

– No entanto, Schopenhauer propõe a arte como um caminho pelo qual o ser humano se desprende da vontade para unir-se à sua produção artística de corpo e alma.

– Que romântico! – lá no fundo suspirou Rafael.

– Se o ser romântico aqui for entendido como uma sensação de pertencimento a uma totalidade...

– Mas professor, e não há nenhum filósofo que nos oriente ao afastamento dessa vontade numa relação com Deus? – perguntou Aline.

-- Sim. Um dinamarquês que viveu no século XIX chamado Kierkegaard. A relação do homem com o mundo, segundo ele, é dominada pela angústia.

– Angústia? – perguntou Guilherme. Como nós podemos entendê-la, professor?

– O mundo se apresenta instável, de maneira que a garantia de que nossas expectativas sejam realizadas é nula.

– Gente, estava pensando nisso ontem. Estava com fome, fui comer, não estava mais. Mês passado namorava, hoje não namoro mais. O bem e o mal, o justo pode ser injusto... – disse Mirella com um tom de surpresa.

-- E como vocês se sentem diante disso?

– Inquietos – disse Felix.

– Desesperados – disse Vicente.

– Por quê? Alguém pode me dizer?

– Nunca estamos satisfeitos. – disse Felix.

– Ou não realizamos o que pretendíamos. Fra-cas-sa-mos!

– E Deus, professor? – mais uma vez perguntou Aline.

– Para Kierkegaard, seria talvez a única via de superação da angústia e do desespero. O que não se compreende pela razão, compreendemos pela fé.

– O grande paradoxo.

– O mesmo paradoxo em "Temor e Tremor", um dos livros de Kierkegaard. Só a fé faz a gente entender como

Abraão ergueu no ar um punhal a ser desferido contra o seu próprio filho.

– E sob as ordens de Deus. – complementou Aline.

– De fato. Sem essa relação, o ser humano está condenado a desperdiçar a sua vida e viver fadado ao desespero e angústia absoluta. Há de se apegar a algo.

Virtude × obrigação

– O que vocês precisam fazer logo após a devolução das provas?

– Verificar se você não errou na conta, professor. – respondeu Nina.

– É possível que isso aconteça...

– Quem manda ser de Humanas? – brincou João.

– Uso uma calculadora. Pascal, filósofo do século XVII, foi seu grande inventor, sabiam? Enfim, os que tiverem dúvidas, venham até aqui em minha mesa e conversamos.

5 minutos depois, aproxima-se Tamara.

– Professor, você errou na minha nota.

– Jura? Vamos revisar a soma?

– Vamos.

– Então, deu um ponto a menos. E com um ponto a menos, você fica abaixo da média.

– Exatamente.

– Geralmente os alunos vêm até nós reclamar por uma soma maior. Devo te cumprimentar pela honestidade?

– Me cumprimentar por falar a verdade?

– Acharia errado se assim o fizesse?

– Não vim aqui para receber cumprimentos. Vim para reparar um erro. Sinto-me melhor, só isso.

– Eu quero saber se sua honestidade é uma virtude ou uma obrigação?

– Penso ser uma virtude. A regra geral é levar vantagem em tudo e quer saber, também não faço o certo por uma obediência cega a uma regra moral.

– Você faz o certo mesmo sabendo que vai se dar mal.

– Faço isso para não deixar o errado prevalecer sobre o que é certo. Para me sentir bem comigo mesma.

– É uma maneira de dar força ao seu caráter.

– Professor, devolve logo a minha prova. Antes que eu me arrependa.

– Aqui está e como deve ser: revisada e abaixo da média.

– E aqui estou eu, como tenho tentado duramente me esforçado em ser.

– Parabéns!

A secura de mim

– Eu tenho 16 anos, professor, e nesse momento tenho certeza de que ainda não sou exatamente aquilo que eu sempre sonhei.

– E tudo aquilo que as pessoas dizem a seu respeito? Tudo o que eu ouço de maravilhoso da boca de seus amigos quando eles me falam de você?

– Não chega nem perto daquilo que sou de fato. Nós estamos desde a infância juntos e desde então, sou a mesma coisa, a mesma pessoa de sempre.

– E você acolhe as opiniões dos outros a que preço?

– Como se soubesse que a moeda que recebi era falsa e fosse por aí gastando e fazendo acreditar que era verdadeira. E com isso fui lucrando com essas definições sem saber que hoje estaria me punindo por isso.

– E hoje você está aqui.

– A mentira está aqui, professor.

– Não é possível que no estado natural das coisas, você não seja nem de perto um pouco daquilo que você é.

– Não estamos falando de psicoses, estamos nos referindo à existência. Como é que hoje na aula você explicou?

– Eu me referi, naquele momento, a uma sensação plena de angústia quando nós, imersos na busca de ser o que somos, damos de cara com a gratuidade da vida, e não só procuramos nos definir, como também buscamos nessa definição um sentido para viver.

– É isso, professor. Abandonei todas as definições e estou aqui, sozinha.

– Está com o coração apertado?

– Vontade de chorar, de ficar só e caminhar pela escola, longe da aula, de maneira que isso não fosse visto com um crime, nem pela escola, nem pelos meus pais.

– Sei como é. Abrir a janela na sala de aula é pouco para quem quer expandir.

– É que essa expansão dói e definitivamente não estou pronta para tirar conclusões a meu respeito, ao mesmo tempo, acomodada com as dos outros, hoje, além de sozinha, me vi perdida.

– E eu sinto, convivendo com vocês, enquanto juventude que são, o grande medo de imprimir na realidade a marca de uma autenticidade que grita por um reconhecimento livre de qualquer pré-julgamento.

– As pessoas me deram vários papéis e fico por aí encenando tudo perfeitamente. Quantas máscaras preciso derrubar ainda para me encontrar?

– Quando a gente se presta a esse papel - ou a esses papéis -, anulamos a nossa individualidade e arrematamos o nosso modo de ser sendo pela boca dos outros, a versão daquilo que eles esperam de nós.

– O que eu faço?

– Uma coisa você já sabe: que você é um ser estranho de você mesma. Mas o que você não sabe...

– O que eu não sei?

– E é, sem dúvida, o mais importante...

– Me fale!

– É que você culpa demais os outros. Você joga no colo das pessoas uma responsabilidade que em tese deveria ser sua.

– A de me definir?

– Não, a de se encontrar. Ninguém falou aqui em definição porque eu entendo que isso nos leva a uma expectativa na qual pode nos fazer sofrer e também causar certa acomodação no sentido de não precisarmos mais nos procurar e de cara evitar a angústia. E além do mais, estar sozinha ou perdida é bom.

–Não, não é bom! Isso me faz sofrer porque somos uma definição inalcançável.

– Ninguém disse que é bom porque essa sensação nos dá prazer. Bom porque alimenta em nós uma dúvida cuja força nos leva em busca daquilo que a gente procura.

– Então, eu devo me encontrar...

– Sem aquilo que dizem de você e sem a culpa oferecida a eles.

– Vou como um bicho que não reclama da maneira como foi criado. Vou natural e simples, sem expectativa, desmascarada.

– Vá com dúvidas, não esquece.

– Não seria vá com Deus?

– Vá morrendo de sede, porque só atravessa o deserto quem procura por água.

Tédio

– Professor, você precisa me ajudar.

– Você está mal de notas ou já repetiu direto?

– Não!

– Brigou com a namorada?

– Não...

– Você vai ser pai?

– Não, professor. Meu problema é o tédio.

– É sério isso?

– Muito sério.

– A filosofia virou autoajuda, agora?

– Eu sei que é estranho, mas eu preciso de algo útil.

– Estranho é fazer da filosofia uma autoajuda.

– O tédio é entediante e eu estou me suportando cada vez menos.

– Então é isso que você encontra em você quando está com tédio?

– Na verdade é um vazio. Não tenho nem bons, nem maus sentimentos.

– É só isso? Cara, liga para alguém, vá sair, vá fazer atividade física, correr no parque, vá dar um passeio, curtir uma balada, são tantas possibilidades.

– Agora você deu uma de autoajuda. Deixa eu te explicar com um pouco mais de importância.

– Então é sério mesmo.

– Eu posso fazer tudo isso, mas não tenho animação que me mova. Será que dá para arranjar um jeito de largar o tédio sem que para isso eu tenha que me divertir?

– Vocês não adoram se divertir? Sorrir, ouvir música alta, rede social, curtição, balada atrás de balada, um namoro aqui, outro ali?

– E é assim que vocês nos veem? Esse é o modelo da felicidade adolescente dos dias atuais?

– Talvez não. Pelo menos não com você. E quer saber? Duvido que todo mundo tenha de ser feliz desse jeito. Não gosto de modelos.

– A gente se diverte professor, mas no fundo o que eu quero e preciso é de uma direção no qual me torne capaz de entender a razão disso tudo.

– Você falava de um vazio e agora você senta aqui e expõe as suas misérias, as suas necessidades, que até por você são mais ou menos desconhecidas, e quer que eu as resolva?

– Não quero que resolva, professor. Eu só preciso do caminho.

– Sabe quem você me fez lembrar?

– Não...

– Um filósofo do século XVII, chamado Blaise Pascal. Ele fez uma séria reflexão sobre a condição humana.

– E o que ele fala sobre o tédio?

– Para Pascal, o homem é um ser insuficiente.

– O que isso quer dizer?

– O objetivo de todos nós é alcançar a felicidade, mas o estado lamentável de nossa condição humana – o que você chamou de vazio - não permite, o que quer dizer, que de vez em quando, enquanto conscientes desse estado, para não pensar nele, para não dar de cara com ele, o que a gente faz?

– Se diverte?

– Isso. A gente faz um esforço para não pensar em nossa finitude e procuramos viver como se fôssemos um texto sem ponto final.

– Quer dizer que o que me deixa mal é a consciência que tenho sobre os meus sentimentos e não o vazio em si?

– Eis a insuficiência. Ela está aí como uma marca inalterável. Todos nós vamos morrer, mas o que nos pega de jeito é a consciência disso.

- Então, para me livrar da consciência desse vazio eu preciso me divertir?

– Não é isso que Pascal diria, mas é o que a maioria das pessoas fazem, ainda que inconscientemente. Eu me daria muito mal com isso porque definitivamente eu não sei me divertir e não tenho problemas com o tédio, já que não sou nem feliz demais e vivo com pouca grana.

– E por que, para Pascal, as pessoas se divertem?

– Como não temos poder para alterar a condição humana no seu estado de decrepitude e finitude, é preciso inventar maneiras de ser feliz.

– É por isso que a gente inventou os jogos, as brincadeiras...

– O que ocorre é que Pascal entende que o divertimento é uma maneira errada de escapar do tédio.

– Já sei! Como somos incapazes de superar a insuficiência – o tédio – criamos o divertimento como uma forma equivocada de resolver esse problema. E então, vai sobrar o quê ou quem como solução?

– Deus.

– Mas Deus e eu, sozinhos no quarto? Seria horrível.

– Seria silencioso, eu diria. Todo silêncio nos leva a um contato com a gente mesmo e muitas vezes quando isso acontece comigo, não gosto do que vejo, aí me distraio.

– E para Pascal?

– Deus resolveria o vazio. Ele é o preenchimento do homem insuficiente.

– Achei monótono. Se o tédio tem a ver com um estado de repouso e tranquilidade, acho que com Deus, dá na mesma.

– Verdade? Estou vendo que você não suportaria.

– Professor, você acha que aquelas meninas bem ali, em torno da mesa da cantina, estão realmente se dando conta do tédio em meio a tantas e tantas gargalhadas e felicidade compartilhada?

– Não, com certeza. Mas entendo que naquela reuniãozinha de intervalo de aula, há um sentido todo especial. Certeza que enquanto momentos como aqueles não acontecem, elas ficam pensando ou sonhando umas com as outras em meio aos afazeres em sala de aula.

– Se não pensam no tédio, também não encaram a diversão como uma futilidade. E elas vão ali, o ano inteiro, de intervalo em intervalo, vivendo para valer os momentos mais importantes.

– Se você já se deu conta de que se não fosse o tédio, aquelas meninas não teriam inventado momentos como aqueles, o que falta então?

– Fazer da minha vida o que elas fazem em cada um de seus intervalos.

Só terminou para você

– Meu namorado... quer dizer, meu ex-namorado, disse que não gosta mais de mim. É tão difícil processar o fim disso tudo que ainda não consigo chamá-lo de ex.

– Não sei se é realmente possível parar de gostar de alguém.

– E por quê?

– Quem disse que parou de gostar, nunca gostou.

– Ele nem me deu sinais. Para mim, tudo estava tão bem.

– Eu até acredito nos sinais do desgaste, até porque eles são evidentes, mas deixar de gostar assim de alguém, de repente, "do nada", é difícil para mim.

– Você acha, então, que ele ainda pensa em mim?

– Esse é o tipo de pergunta de quem ainda tem esperança.

– Vou chorar, para...

– É que parar de gostar é um processo, uma viagem longa, uma morte lenta, aos poucos e de prolongada dor.

– Eu disse a ele da grande sacanagem de quando me

deixou. Nós dissemos coisas um para o outro que não cogitaríamos dizer quando estávamos juntos.

– Não se iluda. Todo mundo guarda o pior para o fim. A grosseria é um instrumento que agiliza a separação.

– E por que a gente deixa as verdades para o fim?

– Por que se a gente pensar tudo em voz alta a gente fica sozinho.

– Sou uma tola e, infelizmente, essa é uma verdade que veio com o fim disso tudo.

– Não pense assim. Ideias imbecis algumas vezes, pertencem a imbecis perto de você. O problema é que por amor a gente acredita nelas.

– Afastar-se, ainda que por força do meu ex-namorado, faria com que eu pudesse me olhar no espelho com mais alegria?

– Se seu espelho estiver rachado e pensando nele como uma imagem de si mesma, talvez não, mas o positivo disso é poder ver os muitos rostos de acordo com a quantidade de fragmentos que se formou através de um só.

– Os muitos de mim até então escondidos...

– E como você se vê agora?

– Com raiva e isso me acelera.

– Coloque o pé no freio, oras. Isso também é ir para frente.

– Eu não parei de gostar, professor. Ninguém me ensinou isso na escola.

– A escola nunca foi um espaço para ensinar a lidar com as emoções e cumpre mal o papel de ensinar a lidar com as frustrações. Se você não viveu, não pode aprender como lidar.

– Vou parar de gostar. Tudo bem, foi agora, mas está decidido.

– Tem gente que parou de gostar mesmo gostando.

– Eu decidi, é sério.

– Vai parar de gostar com amor, com paixão, mas não vai parar de gostar. Você vai acabar gostando da raiva que você tem por ele, isso porque todo ex é uma relação atual, que alimenta em nós os piores sentimentos.

– Parece que esse fim me deixou de ressaca.

– O amor tá no corpo inteiro. Sacanagem habitá-lo somente no estômago.

– Eu preciso recomeçar.

– Acho interessante o fato de que amor para começar precisa do consentimento de ambos, pois nada deve ser forçado. Mas para acabar, basta um querer.

– Por isso, professor, nesse momento, só terminou para ele.

– Estamos no outono e é tempo de recomeços. Você tem razão.

– O passado jamais pode impedir o futuro, não é?

– As árvores desfolhadas que o digam. Nada impede o romper de novas flores que virão por aí.

A pedagogia da ocupação

– Meninos, vocês por aqui? Querem um pouco do meu lanche?

– Obrigado, professor.

– Vamos, venham. Sentem e pelo menos tomem um suco.

– Não, professor. Valeu mesmo! A gente veio te procurar fora da sala de aula porque queremos entender algumas coisas.

– É... nós queremos conversar. Você tem tempo?

– Tenho sim. E me digam: qual será o tema da nossa conversa?

– Queremos saber, no âmbito daquilo que é público, a razão pela qual se ocupam escolas, institutos federais e universidades.

– É isso. Estamos completamente chocados – no bom sentido – e ao mesmo tempo orgulhosos, para não dizer "invejosos"...

– E também confusos.

– Isso. Enfim, professor, como é possível alunos e alunas da nossa idade, ocuparem as escolas desse modo?

– Vocês estão se referindo as centenas e centenas de escolas públicas ocupadas pelos alunos no Paraná. Correto?

– Correto. Mas aqui em São Paulo há ocupações também. Me parece que o movimento no Paraná inspirou muita gente pelo país afora. Até Assembleias Legislativas eles ocuparam.

– Eu imaginei. Se me permitem, quero iniciar a nossa conversa com uma pergunta: vocês sabem da implicação política que possui o conceito de "ocupação" em casos como estes? Sabem por que – em minha opinião – trocar o termo "ocupação" por "invasão" enfraquece e empobrece a luta política daqueles jovens?

– A gente deu aquela pesquisada, professor. E nos convencemos de que sim, o conceito de "ocupação" é mais apropriado. Ainda mais porque estamos acompanhando o movimento desde o início e ficamos curiosos em saber por que a mídia das grandes corporações quando se referem ao movimento, chama todo mundo ali de invasor.

– Não dá para dizer que em tempos de colonização o Brasil foi ocupado pelos portugueses. Aquelas terras foram invadidas, os povos nativos exterminados e as riquezas naturais, como bem sabemos, foram assaltadas violentamente.

– Concordo com vocês. Para mim, ocupar é um ato político. Esses alunos aos quais aqui nos referimos não são facções, são grupos organizados e conscientes do seu papel na sociedade. Ocupar é dizer que "estamos aqui", "olhem, nós existimos", de que tem "treta" no esquema das merendas, de que professores em greve são agredidos pela polícia e como a mídia "vendida" não cumpre o seu papel ético. Ocupar é tornar as pautas visíveis.

– São alunos, não assaltantes. A gente entende que eles apenas estão reivindicando aquilo que é deles, professor.

– E como vocês se veem no meio disso tudo?

– Como observadores, é claro. Nós somos jovens como eles são, somos alunos secundaristas como eles são, mas estudamos numa boa escola particular e, falando de mim, estou completamente distante de uma causa para lutar.

– Mas é verdade, como jovens, estamos cansados de sermos usados como alvos de muitas decisões às quais somos impedidos de participar.

– Você está falando de quem? Dos seus pais ou do Estado?

– De ambos, mas é o Estado o nosso interesse nesse assunto.

– A real é que somos alunos de escola particular. O nosso colégio é bem ranqueado, temos excelentes professores, estrutura, aulas além da grade, atividade extracurricular, plantão de dúvidas, corretores externos, simulados e nunca saberemos o que é lutar por uma educação de qualidade. O máximo de um ato político que participei no colégio foi uma assembleia para os meninos poderem usar regata em dias de calor.

– Eu me lembro. Nesse dia eu achei que mudei o mundo. Aprovamos até o uso de chinelos e as meninas é que decidiram o que deve ser considerado uma "roupa curta" quando foram acusadas de serem "culpadas" e desmoralizarem o ambiente escolar.

– Mas o que é nossa luta perto dos secundaristas da escola pública?

– Eu entendo isso tudo, mas não se sintam menorizados. Vocês estão do outro lado da trincheira, com outras batalhas e reivindicações, é verdade, no entanto, vocês demonstram solidariedade à luta deles e isso é muito importante. Existe uma força política e midiática querendo desvalorizar vocês, desqualificar, desmembrar, desunir e subestimar a todos.

– Isso explica o fato de que como jovens estudantes queremos fazer parte de todo o processo educacional em todas as instâncias.

– Sim, mas mesmo a escola quer que sejamos consumidores passivos de conteúdo e de tarefa.

– Então vocês perceberam que essa ocupação tem algo muito específico no sentido de ensinar a sociedade de que esses jovens fazem parte de um movimento autônomo e de que não permitem aparelhamento de nenhum dos lados. Eles não querem estar na escola porque os pais obrigam.

– Foi outra coisa que nos chamou a atenção. Eles são um movimento politizado, mas não permitem apoio e apadrinhamento de nenhuma corporação ou partido político.

– Isso porque, como mais uma informação dentro da nossa discussão, eles também querem mostrar o Estado violento.

– É verdade. Em ocupações de secundaristas a polícia é a do colarinho branco, ou seja, é o espelho do Estado violento e completamente incapaz de dialogar.

– Sim e essa também faz parte da pauta. Acho surreal retirar aluno em ocupação com escopeta na mão.

– Perceberam? Ocupar também é uma denúncia contra a militarização; é uma denúncia contra o autoritarismo do Estado e, com certeza, contra a Reforma do Ensino Médio.

– Aqui em São Paulo, o governo paulista exigiu a reintegração de posse, mas um desembargador não atendeu a esse apelo alegando que por serem pacíficas, são legais.

– Acompanhei o noticiário. Foram muitas ocupações por aqui. Eu mesmo fui levar água para uma das escolas, mas o governo por meio da política me impediu e a tantos outros que foram prestar ajuda. O fornecimento de luz e água foi cortado, mas a molecada continuou na luta e de fato, deram o recado.

– A minha preocupação era a de me menosprezar diante deles, mas não.

– Eu luto por aqui, vocês por aí, outros ali e lá, mas a causa é a mesma. Vou continuar apoiando sempre os colegas professores que dia a dia lidam com a insalubridade e seus baixos salários.

– E nós vamos estar junto aos que denunciam o rango azedo de todo dia e a superlotação das salas de aula.

– Meninos, eu entendo o valor de nossa conversa, mas ela foi convergente. Isso aqui está parecendo conversa de comadres ou panfletagem. É fácil conversar com quem concorda com a gente.

– Inclusive, professor, a gente também viu o outro lado.

– As ocupações no Paraná, por exemplo, alteraram o local de exame de vestibular e do próprio Enem. Algumas escolas eram até lugares para votação de eleição municipal em segundo turno e o TRE teve que alterar.

– Mas os alunos também cuidaram das escolas. Pintaram paredes, fizeram manutenções, lavaram banheiros e tiveram aulas...

– Alguns também passaram dos limites. Depredações, pequenos furtos, consumo de drogas...

– É disso que eu estou falando. Na verdade, eu estou alertando para o essencial, para a maneira de como em sociedade podemos debater sem que haja o embate, sem que a divergências nos leve à polarização. Entendem?

– Quer dizer... discordar sem que a gente não saia na porrada? Duvido que todos saibam disso.

– Isso se aprende. E vocês não aprenderam na escola. Mas não são vocês os que conseguem ver um pouco o impedimento quase imperceptível daquilo que escola atual faz com vocês?

– A escola não faz isso. Um debate aqui e outro ali, uma aula de Filosofia e Sociologia uma vez por semana só serve para escola dizer que a gente manja de pensamento crítico e de pluralidade social.

– E de que isso é bom para a redação, não esquece. E mais uma vez, tudo o que realmente é essencial para nós, mas que não tem nenhuma utilidade na prática para eles e não vale para nada.

– E vocês vão fazer o quê? Afinal, são parte de um sistema.

– Podemos estar com o sistema, mas não precisamos ser do sistema.

– A gente poderia fechar os olhos, poderia fingir, não é? Seria mais apropriado e não seríamos incomodados.

– Seria como se na condição de peões no xadrez, vocês se voltassem contra o próprio rei.

– É...

– Meninos, nós professores, apesar da desvalorização da classe em todas as circunstâncias, apesar dos muitos problemas, do sucateamento do ensino e da má remuneração, dentro desse sistema, insistirmos em continuar e ficar.

– E por quê?

– Por que mudar isso nos interessa muito mais.

A morte em trânsito

– Oi, professor!

– Oi, tudo bem?

– Hoje é meu aniversário.

– Vem cá, deixa eu te dar um abraço. Parabéns!

– Obrigada...

– E hoje vai ter festa?

– Meu tio, irmão mais velho de minha mãe, está muito, muito doente. Lá em casa todos estamos tristes, então, não teremos festa.

– Sinto muito.

– Você me ajuda a entender uma coisa?

– Se eu souber, ajudo sim. Mas se eu não souber, podemos tentar descobrir juntos. Senta aqui, me conta.

– Ouvi minha mãe dizer ao meu pai que esse meu tio trabalhou muito a vida inteira. Ele comprou uma casa para a família e ele e a minha tia trabalharam demais para pagar essa casa, você entende?

– Sim...

– E trabalharam para dar uma boa educação aos filhos, agora um deles, interrompeu o intercâmbio e está voltando para ficar junto do pai.

– Nesse, caso, junto é estar perto. A distância nem sempre tem de ser superada.

– Então... esse meu tio, no ano passado se aposentou e estava muito feliz porque conseguiu comprar uma casa na praia. Era um sonho antigo dele. E agora que ele conseguiu realizar, nem teve tempo de aproveitar. Veio esse problema no coração e ele está entre a vida e a morte na UTI.

– Então me diga qual a sua dúvida?

– Por que a gente tem que esperar tanto para aproveitar a vida e quando enfim, vamos desfrutá-la, um acidente qualquer nos impede?

– Essa é uma reflexão muito difícil de fazer. A morte só não é ruim para quem aproveitou a vida ao máximo.

– Meu tio esperou muito e quando teve chance de curtir sua casa na praia, teve um infarto.

– Você acha que o seu tio não aproveitou a vida?

– Como vou saber? Minha mãe disse que ele trabalhou duro a vida toda, e agora, no momento de desfrutar do seu sonho, não pode. Ela não acha justo tudo isso.

– A morte não tem muito critério. Ela é como um ladrão que invade nossa casa sem permissão.

– Sabe, eu quero aproveitar a vida. Acho que ninguém precisa esperar tanto para ser feliz.

– Acha que o seu tio não foi feliz?

– Ele foi, mas o maior sonho dele está sendo interrompido. Como ele sempre realizou os sonhos dos outros, era a vez dele. Minha mãe tem razão: não é justo.

– A interrupção não é o fim de tudo. A gente reinicia toda vez. Você é muito, muito jovem para acreditar em definitivo.

– Minha mãe disse para eu rezar e talvez seja porque depois da morte há o reinício.

– Já tomou benzetacil alguma vez?

– Algumas. Não dói tanto como dizem.

– Quando eu era criança, doía. Não tinha anestésico, sabe? E é por isso que sua mãe pede pra você rezar.

– Ah! Então a vida é uma benzetacil?

– E a oração é o anestésico. Ajuda a confortar.

Gratidão

À Gabriela Dioguardi, pela revisão, leitura crítica e orelha desse texto. Ela foi capaz de tirar esse texto do ninho, fazê-lo ainda filhote pousar em seus dedos e fazer voar.

À Jucimara "Juci" Tarricone, mestra. O dia em que esse texto ensimesmado foi parar em suas mãos, encontrou, enfim, a sua direção. Gratidão pela leitura atenta e por prefaciar.

À Ana Paula Dini, que com sua ternura repele a dor e o desânimo. Gratidão pela leitura e contribuição desse texto.

Ao Marcelo Nocelli, que me provou confiar no poder do livro e por acreditar que sem a leitura e a literatura nossa vida fica insalubre. Por confiar nesse texto e por publicá-lo.

À Marcela Gontijo pela coruja que ilustra esse livro.

Ao Marcello "Riga" Righini, gratidão pela arte estampada na capa desse livro.

Ao Gabriel Costa, meu irmão, pela foto e apoio.

Esta obra foi composta em Garamond Premier Pro e impressa em papel pólen bold 90 g/m³ para Editora Pasavento no início de novembro de 2018, logo após o turbulento tempo da eleição presidencial no Brasil, portanto, este livro é também uma prova de que professores de filosofia continuarão convidando seus alunos para reflexões dos mais variados assuntos, inclusive políticos, pois, protesto, filosofia e ação serão sempre indispensáveis.